LE MYSTÈRE DU MARAIS

Grande ✦ Nature

LE MYSTÈRE DU MARAIS

MICHEL LEBOEUF

ÉDITIONS
MICHEL
QUINTIN

Données de catalogage avant publication (Canada)

Lebœuf, Michel, 1962-

Le mystère du marais

(Grande nature)
Pour les jeunes de 11 ans et plus.
ISBN 2-89435-212-3

1. Titre. 2. Collection.

PS8573.E335M97 2002 jC843'.6 C2002-941475-X
PS9573.E335M97 2002
PZ23.L42My 2002

Révision linguistique: Monique Herbeuval
Illustration: Isabelle Langevin
Infographie: Tecni-Chrome

 Le Conseil des Arts du Canada
The Canada Council for the Arts

 SODEC
Québec

■◆■ Patrimoine Canadian
canadien Heritage

La publication de cet ouvrage a été réalisée grâce au soutien financier du Conseil des Arts du Canada et de la SODEC. De plus, les Éditions Michel Quintin bénéficient de l'aide financière du gouvernement du Canada par l'entremise du Programme d'aide au développement de l'industrie de l'édition (PADIÉ) pour leurs activités d'édition.

Gouvernement du Québec – Programme de crédit d'impôt pour l'édition de livres – Gestion SODEC

ISBN 2-89435-212-3
Dépôt légal - Bibliothèque nationale du Québec, 2002
Dépôt légal - Bibliothèque nationale du Canada, 2002

© Copyright 2002
Éditions Michel Quintin
C.P. 340, Waterloo (Québec) Canada J0E 2N0
Tél. : (450) 539-3774 Téléc. : (450) 539-4905
Courriel: mquintin@mquintin.com

1 2 3 4 5 6 7 8 9 0 A G M V 4 3 2
Imprimé au Canada

«Natura non facit saltum.»
(La nature ne fait pas de saut.)

Charles Darwin
De l'origine des espèces

Chapitre 1

Premier jour, dimanche, midi

À la croisée des sentiers, le randonneur décida de s'arrêter enfin. Il marchait depuis plus de trois heures. La sueur avait taché sa chemise d'un grand X dans le dos.

D'après la carte, le sentier principal longeait, sur plusieurs kilomètres vers l'ouest, un ruisseau asséché au fond d'une vallée envahie par des buissons, des fourrés, des hautes herbes brûlées par le soleil de juin. Le sentier secondaire qui coupait sa route conduisait, lui, en quelques pas, à un pin solitaire surplombant un petit lac silencieux.

Il prit le sentier le plus court, peu fréquenté, et s'assit à l'ombre de l'arbre, au bord de l'eau dormante. Il ne voulait pas dormir, seulement se reposer un peu. Il appuya sa tête contre le tronc et ferma les yeux.

Il entendait le vent souffler dans les aiguilles du pin et la vrille flûtée d'une grive toute proche.

* * *

L'ombre du grand pin se déplaça lentement. Vers l'ouest.

Alerté par du bruissement dans les broussailles et des bruits de pas, un triton vert sortit de dessous une pierre et courut se réfugier plus loin, laissant des traces minuscules dans la boue brune du rivage.

* * *

En se réveillant, il ne comprit pas tout de suite ce qui lui était arrivé. Il se sentait différent, comme s'il avait dormi longtemps, mais ne croyait pourtant pas s'être assoupi plus que quelques instants. Il sentit d'abord la moiteur excessive de sa peau et toute l'humidité qui l'entourait. Il s'aperçut ensuite que son pouls était très rapide – trop rapide. Pourquoi son cœur battait-il si vite ? Il se demanda aussi comment il avait réussi à dormir dans une position aussi singulière : accroupi à quatre pattes, prêt à bondir. Il sentait une formidable puissance dans les muscles de ses cuisses. Comme s'il pouvait maintenant sauter à des hauteurs fantastiques.

Puis il ouvrit les yeux.

Il était toujours au même endroit, sur la berge du lac, mais sa façon de voir les choses avait drôlement changé. Curieusement, il se trouvait au ras du sol et, de là, la perspective était très différente.

Là-haut, des libellules patrouillaient la cime des brins d'herbe, des bourdons inspectaient, un à un, les trèfles en fleur. Les herbes étaient des arbres; les arbres, des géants verts. Le faîte du grand pin disparaissait dans l'azur. Son pouls s'accéléra encore.

Qu'est-ce qui lui arrivait ? Pourquoi avait-il soudainement de la difficulté à respirer ? Pourquoi cette alarme dans sa tête ? Pourquoi fallait-il que sa peau reste humide ?

L'ombre du pin s'était déplacée de sorte qu'il était exposé au soleil, depuis sans doute trop longtemps déjà.

De quelque part en lui monta un ordre impérieux, indiscutable : tendre au maximum les muscles de ses cuisses et sauter, sauter à l'eau au plus vite.

* * *

Extraits de
l'*Incantatoire* de Janus,
le Grand Portier

« Rana Rana Rana,
Pipiens Pipiens Pipiens,
A… T… C… G… sont les lettres
à prononcer.

Au nom du Seigneur de l'univers,
révèle-toi à moi
Ô forme de grenouille,
en laquelle j'ai choisi de te transformer,
A… T… C… G… sont les lettres
à prononcer.

Maintenant en te voyant,
les hommes ne voient plus la chose

qu'ils perçoivent,
et ne comprennent plus la chose
qu'ils aperçoivent.

Rana Rana Rana,
Pipiens Pipiens Pipiens,
A... T... C... G... sont les lettres à
prononcer. »

* * *

Il n'avait pas bougé d'une patte.
Membres étendus, figé face à la berge,
l'homme-grenouille n'osait pas faire le
moindre mouvement. Ce corps-là n'était
pas le sien, il n'en connaissait pas le fonctionnement. Tout ce qu'il pouvait faire,
tout ce qu'il osait faire, c'était respirer.

Respirer et regarder.

Seuls ses yeux émergeaient à fleur d'eau.
Et comme ceux-ci se trouvaient maintenant de chaque côté de sa tête, il voyait de
partout : à l'arrière, à l'avant, simultané-
ment, en haut, en bas, de tous les côtés,
selon tous les angles.

Autour de lui s'agitaient des insectes
volants, planants, rampants, sautants,
patineurs, plongeurs, sous-marins. Il

distinguait, en détail, avec une acuité éton-
nante, toutes les parties de leur anatomie : leurs ailes translucides, leurs dards venimeux, leurs carapaces luisantes, leurs mandibules tranchantes, leurs têtes de cauchemar.

Il sentit un frémissement, une vibration de l'onde, quelque part sous lui, sous l'eau. Une ombre furtive passa entre les roseaux. Sûrement pas un insecte. Quelque chose de plus gros. Qu'est-ce que c'était ? Devait-il fuir ou faire le mort ?

Ce monde-là n'était pas le sien, il n'en connaissait pas le fonctionnement.

* * *

Le brochet s'en voulait un peu d'avoir précipité son geste. La grenouille l'avait sûrement repéré. Il s'était approché lente-ment, patiemment, méthodiquement, mais son dernier coup de queue, trop brusque, avait trahi sa présence. Elle allait s'enfuir. Il lui faudrait en trouver une autre et tout recommencer du début. Ou alors se contenter du menu fretin. La grenouille ne bougeait toujours pas. Pourtant, elle l'avait vu, il en était sûr. Cette grenouille-là était encore plus stupide que les autres et ne méritait pas de vivre.

* * *

Quand le brochet se jeta sur lui, sans trop savoir comment, il se retrouva sur la berge.

La mâchoire du poisson claqua dans le vide.

De quelque part en lui était venu un autre ordre indiscutable : sauter, sauter le plus loin possible. Loin du prédateur, loin du danger. Il y eut un bref bouillonnement à la surface de l'eau, puis plus rien.

Le brochet était parti; le danger, passé.

* * *

Profitant d'un courant d'air chaud ascendant, le busard Saint-Martin planait à bonne hauteur le long de la rive boueuse du lac. Il vit quelque chose remuer près du pin solitaire. Une grenouille. Le saut d'une grenouille. C'était délicieux, une grenouille. Tendre, tiède, juteux. Les cuisses surtout. Cela faisait un bout de temps qu'il n'en avait pas mangé. Il perdit un peu d'altitude et fixa son attention à l'endroit où il avait vu du mouvement. Il l'aperçut bientôt, verte et grasse, à découvert sur le bord du lac.

Un coup facile, avec le vent dans le dos : plonger avec une bonne vitesse à l'arrivée pour maximiser l'effet de surprise, ouvrir les serres, fermer les serres, les enfoncer dans la chair souple, trouver un bon perchoir, déguster.

* * *

L'homme-grenouille sentait qu'on l'observait. Qu'on venait sur lui. À grande vitesse. Du haut des airs.

Quand le busard fondit sur lui, l'homme-grenouille sauta de nouveau à l'eau. Le rapace passa au-dessus de sa tête une fraction de seconde trop tard. Une des griffes de l'oiseau de proie entailla la peau mince de son dos, mais l'oiseau ne put récupérer sa proie.

Ce coin-là était décidément trop dangereux. L'homme-grenouille se mit à nager en direction d'un îlot marécageux, là où de longues herbes aquatiques, à moitié immergées, ployaient sous le vent en rangs serrés. C'était une bonne cachette, personne ne pourrait le surprendre ici. Un peu de sang s'effilochait dans son sillage. Il s'arrêta, essoufflé et surpris d'avoir franchi une si grande distance en si peu de temps.

Sa brasse s'était grandement améliorée.

* * *

Caché dans les herbes, le butor d'Amérique faisait le guet depuis un bon moment déjà. Sa patience était enfin récompensée. Voilà qu'une belle grosse grenouille s'immobilisait juste sous son nez. L'insouciante. C'est vrai qu'il était parfaitement dissimulé, n'hésitant pas, pour disparaître tout à fait, à se balancer dans le vent au même rythme que les herbes autour de lui. Il épiait, d'un œil froid, reptilien, chaque mouvement de la grenouille. Lorsqu'il fut convaincu que l'ingénue avait relâché sa surveillance, d'un geste sec, violent, il plongea son bec pointu et l'attrapa par une patte. L'animal se débattait tellement qu'il dut ouvrir le bec pour raffermir sa prise.

La grenouille s'échappa.

Le butor se releva lentement et la regarda prendre le large. C'était inutile de courir derrière des proies alarmées, il dépensait trop d'énergie de cette façon-là. Mieux valait attendre ici qu'une autre sotte vienne à passer.

* * *

L'homme-grenouille nagea, nagea encore jusqu'à ce que ses muscles ne puissent plus l'amener plus loin. Il parvint près d'un rivage vaseux où deux corneilles s'y disputaient les intestins d'une marmotte encore tiède. Aucun endroit ne pouvait plus garantir sa sécurité. Il n'avait nulle part où aller. Nulle part où se cacher. Les rives du lac étaient tout aussi hasardeuses que ses eaux sombres et profondes. Un goût de sang, chaud et poisseux, remonta haut dans sa gorge. Combien de temps ce cauchemar allait-il durer ?

Ce monde-là n'était pas le sien. Il n'en connaissait pas le fonctionnement, ni les règles ni les lois.

* * *

Invocation
des élémentaux de l'eau
(Tiré de l'*Incantatoire* de Janus,
le Grand Portier)

« Mère des eaux profondes,
matrice des origines,
fontaine de l'inconscient;
tes palais sont ténébreux,
tes parfums sont amers.

Des voix d'amours et de respects
t'invoquent.

De l'Occident, pays du crépuscule,
parvient le bruit des eaux mouvantes
où résident les Esprits de l'eau.

Mère des eaux profondes,
revêts-toi du manteau de tes vagues,
revêts-toi des splendeurs de tes sources,
engendre le renouveau. »

* * *

Au crépuscule, assis sur une souche à la croisée des sentiers, Janus se grattait la barbe. La métamorphose avait-elle réussi ?

Si oui, le sujet était-il toujours vivant? Les premières heures étaient, invariablement, les plus difficiles à passer.

Janus consulta sa montre. C'était pourtant l'heure du rendez-vous. Elle était encore en retard.

Puis un tout petit oiseau jaune, masqué d'un bandeau noir sur les yeux, se posa sur une branche de saule, tout près de lui.

— Demain, au lever du jour, il faudra me retrouver la nouvelle grenouille, dit Janus.

— Oui, oui, ouistiti, répondit la paruline masquée.

Puis elle disparut dans un bosquet d'aulnes.

Janus leva les yeux et constata qu'un film nuageux, gris opaque, s'avançait sur une barre de ciel aurore brûlée. Il n'y aurait pas d'étoiles cette nuit.

— Mère des eaux profondes, s'exclama Janus, fasse que mon sujet survive au moins à sa première nuit.

Sur quoi il se leva pesamment – il avait encore pris du poids ces derniers temps – et s'engagea dans le long sentier qui bordait le ruisseau asséché.

* * *

C'était à l'heure où les pipistrelles de l'Est, quittant leurs grottes humides, exécutaient, comme tous les soirs, leur ballet débridé, leur danse folle et muette. Du jour tombant à la nuit noire, les chauves-souris danseraient dans le ciel jusqu'à ce que leurs sonars leur indiquent que tous les insectes à trouver avaient été trouvés, que tous les insectes à manger avaient été mangés. Jusqu'à ce que leurs petits ventres soient bien ronds, bien pleins. Puis elles retourneraient se percher, tête en bas, en roupillant jusqu'au prochain festin.

— Bois-pourri... Bois-pourri... Bois-pourri..., disait l'engoulevent bois-pourri, perché sur la branche d'un frêne.

Un porc-épic, assis non loin de là, rongeait tranquillement la couche intérieure d'un morceau d'écorce qu'il venait d'arracher au tronc lorsqu'un pékan lui sauta dessus. L'attaque fut si soudaine qu'il n'eut pas le temps de répliquer ou de se défendre. Le pékan lui entailla la gorge, trancha son aorte et extirpa ses poumons, sa rate, son estomac. Le porc-épic s'affaissa sur le sol. Ses fonctions vitales s'éteignirent, les unes après les autres.

Le porc-épic tenait toujours son bout d'écorce dans la gueule.

* * *

L'homme-grenouille s'était échoué sur une plage de galets, tout près d'une rivière où s'écoulait vers le lac une eau vive et froide entre des rochers couverts de mousses. Le bruit de l'eau le calmait, le portait vers le sommeil, mais l'empêchait par contre d'entendre venir les prédateurs.

Il n'entendait pas l'animal qui approchait. Il n'entendait pas les petites pattes agiles qui remuaient le lit de la rivière. Il n'entendait pas qu'on retournait, méticuleusement, les pierres et les cailloux à la recherche d'écrevisses endormies.

Qui l'avait changé en grenouille ? Et pourquoi ? Combien de temps ce cauchemar-là allait-il durer ?

* * *

La rivière était féconde. Au déclin du jour, le raton laveur y trouvait toujours de quoi manger. Mais s'empiffrer d'écrevisses était laborieux. Il fallait les nettoyer soigneusement pour enlever toute la boue qui s'agglutinait sur leur corps. Certains soirs, en amorçant sa tournée nocturne sur le chemin menant à la rivière, il s'attrapait un crapaud en entrée. Mais c'était encore plus long avec un crapaud. Il fallait râper sa peau jusqu'à ce qu'elle soit parfaitement lisse; le rouler, le frotter sur une surface rugueuse pour faire sortir le venin et les toxines contenus dans les pustules de son épiderme.

Le plus facile, le plus propre, c'était la grenouille. Il n'y avait rien à nettoyer avec la grenouille: attrapez, rincez à l'eau claire, avalez. C'était son soir de chance. Il en apercevait une sur les galets. Dans la pénombre, sa silhouette sombre se détachait sur les pâles reflets des eaux du lac.

Elle était dos à lui et regardait vers le large. Le raton laveur s'approcha d'elle et, d'un coup de patte, s'en saisit facilement.

Tout en maintenant la grenouille immobile, écrasée face contre terre, il tendit l'oreille. Par-dessus le murmure de la rivière, il entendit un glapissement dans les broussailles.

On le surveillait. Le renard roux. Encore lui. Pas moyen d'être tranquille, d'avoir la paix, ne serait-ce qu'un soir seulement. Ça ne ratait jamais, chaque fois, il lui jouait le même tour. Le renard roux rappliquait toujours quand la table était mise, quand tout le travail avait été fait.

Le renard roux s'avança à découvert et sortit les crocs. Il s'approcha en salivant, en trépignant, en grondant dans sa direction. Le raton resserra son étreinte sur la grenouille. Il n'allait pas abandonner. Pas cette fois.

Lui aussi pouvait montrer ses canines, sortir ses griffes. Lui aussi pouvait menacer, mordre, tuer. Le renard fit mine de lui sauter à la gorge. Le raton, oubliant sa prise, dressa ses pattes de devant pour faire face.

La grenouille bondit dans le lac.

Le raton laveur battit en retraite et prit la fuite dans le lit de la rivière.

Le renard roux regarda la grenouille s'éloigner, se retourna et s'engagea dans la rivière à son tour en reniflant de temps à autre pour ne pas perdre la piste de son éclaireur, de celui qui allait, encore ce soir, débusquer de quoi calmer sa faim.

* * *

Combien de temps le cauchemar allait-il durer? Ce monde-là n'était pas le sien. Ce monde-là était rempli d'odeurs et de bruits qu'il ne connaissait pas. Ce monde-là était sauvage, violent. Inhumain. Toutes sortes de bestioles bruissaient, bourdonnaient, frémissaient, chuchotaient, murmuraient, complotaient dans la nuit.

* * *

Flottant inerte sur l'eau glauque du lac, à l'heure blême où les chouettes rayées reviennent de la chasse, l'homme-grenouille s'endormit enfin. Il rêva d'une croisée de sentiers perdue dans le brouillard. Quatre sentiers y partaient en direction des quatre points cardinaux. Mais peu importe le sentier qu'il empruntait, il revenait sans cesse au centre du carrefour, à son point de départ. Le temps était une boucle, une spirale de brumes infinies.

Le carrefour était une porte, un lieu de passage, de communication entre ce monde et un autre monde, entre cette vie et une autre vie.

Puis la brume se leva. Il s'aperçut qu'il n'était pas tout à fait seul à ce carrefour-là:

des gargouilles, des griffons, des gorgones,
des êtres mi-homme mi-bête y crachaient
du sang, y pratiquaient des mutilations et
des sacrifices d'animaux.

* * *

Invocation concernant
le quinzième arcane majeur du Tarot
(Tiré d'un traité appartenant à Janus,
le Grand Portier)

« Pour l'évoquer,
on enfouit une grenouille
dans le nid de grosses fourmis noires.
Lorsque la chair du batracien a été
dévorée,
on retire son squelette dont on choisit 3 os.
Porteur de ces os,
d'une poule noire et d'un chat noir,
on se rend la nuit à un carrefour
et à minuit on prononce les paroles
suivantes :
"Au nom du Diable, je viens lui parler."
Il apparaît aussitôt
et on obtient ce que l'on demande. »

« Les communautés écologiques ne vivent pas dans une douce harmonie,
mais elles sont bien plutôt forgées par des forces multiples,
les unes relevant des lois du chaos, les autres du hasard. »

Richard Leaky et Roger Lewin
La sixième extinction

« Pour certains écologistes, le chaos s'apparente à de la magie noire. »

Robert May
The chaotic rhythms of life

Chapitre 2

Deuxième jour, lundi, quelques heures après le lever du soleil

Il fallait accepter l'inacceptable. Admettre l'inadmissible. Croire l'incroyable. Il était sous influence. Un mauvais sort? Un tour de sorcellerie? Il n'y avait pas d'autre explication possible. On l'avait métamorphosé en grenouille. Pour quelle raison? Qu'est-ce qu'il avait fait pour mériter ça? Où était sa faute? Un instant, il se promenait tranquillement en forêt; l'instant d'après, il était grenouille. Et ce n'était pas un rêve. Ses sensations étaient trop réelles, trop tangibles. Il avait senti la griffe du rapace dans son dos. Il avait eu mal quand le bec du butor avait coincé sa patte arrière. Plus mal encore quand les pattes du raton laveur lui avaient lacéré les flancs. Et il y avait ce goût amer dans sa bouche. Un goût qui ne le quittait plus. Un goût de sang, d'adrénaline.

C'était donc ça la vie d'une grenouille? Attendre, dans l'épouvante, le moment d'être égorgé, déchiré, avalé vivant? Un long ennui, brièvement interrompu par de courtes périodes d'horreur? Dire qu'avant, il croyait que la nature était harmonieuse. L'harmonie de la nature n'était qu'un mirage, qu'une façade, qu'un trompe-l'œil. La nature était violente, chaotique, hasardeuse. L'harmonie de la nature, c'était une idée étrangère. Une idée d'homme.

Que pouvait-il faire? Que devait-il faire? Il était privé de ses références habituelles.

Il était dans un autre corps, tout à fait différent, qui ne réagissait pas du tout comme l'ancien. Il était un étranger à l'intérieur de sa propre peau. Il en était malade. Il avait de la fièvre. Il allait perdre connaissance.

* * *

Ce matin-là, au 18ᵉ étage d'une tour anonyme du centre-ville, on remarqua à peine l'absence de l'homme-grenouille.

Son plus proche collègue de travail s'était bien rendu compte que le bureau de son voisin était vide, mais on était lundi matin.

Et plusieurs employés rentraient tard le lundi matin.

* * *

— Kitteûr... Kitteûr... Kitteûr..., disait le tyran tritri, perché sur un tronc renversé pourrissant sur le rivage.

La paruline masquée – à qui Janus avait demandé de retrouver la nouvelle grenouille – dénicha celle-ci sans peine au petit matin. Elle craignit un instant qu'elle fût morte, mais non, elle respirait encore et dérivait, au milieu du lac, dans une position imprudente. Son ventre pâle, tourné vers le ciel, invitait à déjeuner toutes les buses du secteur.

La paruline fit un autre passage au-dessus de la grenouille et prit ensuite la direction de l'Ouest pour en aviser Janus. Il fallait agir au plus vite, sans quoi il allait

perdre son nouveau sujet dans les pro-
chaines heures. Et elle ne voulait pas avoir
à encaisser une autre saute d'humeur de
Janus. Il était terrible quand il se mettait en
colère.

* * *

Un martin-pêcheur, posté sur une grosse
roche qui affleurait, émit soudainement
une série de cliquetis secs, rapides et
sonores.

Il retroussa sa huppe, regarda à droite, à
gauche, puis s'envola.

* * *

L'homme-grenouille reprit conscience
lorsque sa tête heurta le flanc de la
chaloupe. Il se redressa brusquement et
considéra le pêcheur qui veillait, l'esprit
ailleurs, sur la fine ligne transparente
s'enfonçant dans les eaux du lac.

Si seulement il pouvait entrer en contact
avec lui. Si seulement il pouvait lui parler.
Peut-être le pêcheur saurait-il lui venir en
aide?

— Coax, fit-il sans espoir.

C'était ridicule, complètement ridicule.

Et surtout inutile.

Personne ne pouvait le comprendre.

— Moi, je peux, déclara le pêcheur dans la tête de l'homme-grenouille.

— Quoi ? pensa l'autre.

— Je peux t'entendre penser, précisa le pêcheur.

— Pouvez-vous m'aider alors ? pensa l'homme-grenouille.

— Peut-être.

— On m'a changé en grenouille…

— Ah ? dit le pêcheur en ramenant sa ligne.

Il examina le ver qui pendait au bout de l'hameçon puis relança sa ligne, un peu plus loin cette fois.

— Pouvez-vous me reconduire en ville ? demanda l'homme-grenouille.

— Pour faire quoi ?

— Consulter des médecins, des savants, des sorciers, n'importe qui… quelqu'un qui pourrait me faire revenir à mon état d'avant.

— Personne ne sait plus faire ça de nos jours, affirma le pêcheur en ramenant sa ligne de nouveau.

— Alors je fais quoi ?

— C'est pas aujourd'hui que le poisson va mordre, annonça le pêcheur en déposant sa canne à pêche dans le fond de la chaloupe.

Il leva l'ancre et mit les rames à l'eau.

— Minute, fit l'homme-grenouille, emmenez-moi avec vous. Ce n'est pas ma place ici.

— Les grenouilles avec les grenouilles, les hommes avec les hommes, déclara le pêcheur en se mettant à ramer en direction du grand pin solitaire.

* * *

Le pêcheur avait tort. Il réussirait à se sortir de cette situation-là. Si on lui avait jeté un mauvais sort, si c'était vraiment de la sorcellerie, il fallait rompre l'enchantement. Tout simplement. Comme dans les histoires de loup-garou ou les contes de fées. Il fallait qu'une fille l'embrasse. Et il reprendrait son apparence normale. Qu'avait-il à perdre ? Pas grand-chose.

Mais tout d'abord manger. S'il voulait réussir à se sortir de là, il devait rester vivant, reprendre des forces. Il avait faim. Il n'avait rien avalé depuis la veille à pareille heure. Et il savait trop bien ce qu'il devait faire pour calmer son appétit. C'était répugnant, mais que pouvait-il faire d'autre?

Il se rappela avoir vu des dizaines de libellules, hier, près du grand pin. Il nagea vers la berge et s'arrêta près d'un tas de joncs mouvants.

Immobile, bien dissimulé dans le feuillage, il surveilla longuement le manège d'une libellule barbouillée de vert et de kaki.

Quand l'insecte fut enfin à sa portée, de quelque part en lui monta le signal de projeter sa langue à grande vitesse à l'extérieur de la bouche. Glob. Il s'empara de la libellule du premier coup. Il tenta de l'avaler le plus vite possible en essayant de ne pas penser à ce qu'il était en train de manger. Beurk. La libellule refusait de passer.

De quelque part en lui monta un ordre lui dictant de relever le plancher de la bouche tout en pressant vers le bas à l'aide de ses globes oculaires. La manœuvre força l'insecte à passer dans le pharynx, puis dans l'œsophage. Ainsi, pour avaler, il fallait fermer les yeux.

Manger de la libellule, c'était bien sûr dégoûtant, mais, somme toute, pas si mauvais que ça. En fait, ça n'avait aucune saveur, aucun goût particulier. Son métabolisme assimilait à une vitesse étonnante les protéines de la libellule, de sorte qu'il se sentait maintenant plein d'énergie, prêt à prendre le chemin du retour.

Car il n'allait pas manger ça pour le reste de ses jours. Pas question.

L'homme-grenouille bondit hors de l'eau et sauta jusqu'au grand pin, puis s'engagea dans le sentier. Il allait sauter jusqu'à ce qu'il rencontre quelqu'un. Une fille, de préférence.

Il se rendit à la croisée des sentiers et s'y arrêta pour souffler un peu. Sauter était plus fatigant que marcher, mais son corps – bâti pour nager et sauter – ne lui permettait pas autre chose. Sa courte et puissante colonne vertébrale était trop rigide et rendait la marche douloureuse, pratiquement impossible.

Le soleil, qui tapait fort sur son crâne, asséchait rapidement sa peau. Voilà qu'il avait, de nouveau, de la difficulté à respirer. Mais il fallait continuer. Il fallait concentrer ses énergies à trouver une princesse. Car les princesses étaient rares.

Surtout de nos jours.

* * *

Quand la paruline masquée constata que la nouvelle grenouille n'était plus dans le petit lac, quand elle en eut fait le tour plusieurs fois et fouillé ses rives à plusieurs reprises, son premier réflexe fut d'avertir Janus. Puis elle se ravisa. Il valait mieux, d'abord, retrouver le sujet. Il se trouvait sans doute quelque part dans le sentier.

Au lendemain de la première nuit, les sujets toujours en vie essayaient tous de faire la même chose. Ils tentaient tous de reprendre le sentier en sens inverse, de revenir sur leurs pas, de retourner d'où ils venaient.

Elle s'envola en direction de la croisée des chemins.

* * *

Sauter à l'eau...
Sauter à l'eau...

Sauter à l'eau…
À l'eau…
À l'eau…
À l'eau…
À l'…

* * *

Lorsque la paruline le retrouva,
l'homme-grenouille était complètement
déshydraté. Il s'était arrêté en plein soleil,
pétrifié comme une statue de sel, dans la
poussière au milieu du sentier. Mais cet
homme-grenouille-là avait été plus loin,
beaucoup plus loin que tous les autres
hommes-grenouilles avant lui.

Cet homme-grenouille-là avait du chien.

Janus serait au moins heureux d'ap-
prendre ça. Ceux qui montraient le plus de
résistance, le plus de volonté, étaient ceux
qui survivaient le plus longtemps.

* * *

Tandis qu'il marchait dans le sentier,
canne à pêche sous le bras, le pêcheur
tenait la grenouille dans une main tout en
faisant ruisseler, de l'autre, un peu d'eau

sur son épiderme. L'homme-grenouille reprenait, peu à peu, ses esprits.

— Où allons-nous? demanda l'homme-grenouille.

— Je te ramène au lac, dit le pêcheur.

— Je ne veux pas retourner au lac.

— C'est la place d'une grenouille.

— Je ne suis pas une grenouille, dit l'homme-grenouille.

— Moi, je ne suis qu'un pêcheur.

— S'il vous plaît…

— J'ai sauvé ta vie.

— Je ne veux pas retourner au lac…

— Les grenouilles avec les grenouilles, les hommes avec les hommes, déclara le pêcheur lorsqu'ils arrivèrent en vue de la croisée des sentiers.

Il prit le sentier secondaire peu fréquenté, celui qui conduisait, en quelques pas, au grand pin, puis remit doucement l'homme-grenouille dans l'eau tiède, protectrice, bienfaitrice.

* * *

Assis au pied du grand pin solitaire, Janus se grattait la barbe en regardant le reflet de l'étoile du berger s'allumer sur la surface sans ride du lac. C'était un de ces soirs de juin où le vent s'apaise tout à fait, où, dans un silence feutré, ouaté, le temps se fige complètement.

C'était une chance que le pêcheur eût remonté le sentier cet après-midi. Sans lui, il aurait perdu un autre sujet.

Sa tâche était de plus en plus difficile. Le sentier était de moins en moins fréquenté. D'année en année, le nombre de sujets mis à sa disposition diminuait. Raison de plus pour s'assurer que chaque métamorphose entreprise dorénavant se réalise jusqu'au bout.

Ce n'était pas la première fois que le pêcheur lui donnait un coup de main.

De gros cumulus couleur pêche s'avançaient sur l'horizon. Ils dissimulèrent bientôt les premières étoiles qui s'étaient levées. Une deuxième nuit sans étoile, juste avant le solstice d'été.

Était-ce bon signe ou mauvais signe? En vieillissant, il avait davantage de difficulté à se rappeler tous ces détails-là. Combien de temps avait-il encore devant lui pour poursuivre son œuvre? Revivrait-il encore une grande collecte? Janus savait bien des choses, mais ça, il ne pouvait pas le prévoir.

Il se leva avec difficulté et se dirigea vers la croisée des sentiers pour s'engager posément, en soufflant un peu à cause de son embonpoint, vers l'ouest, le long du sentier bordant le ruisseau asséché.

* * *

L'homme-grenouille parvint à une presqu'île, une mince langue de terre s'avançant dans le lac, là où un lièvre dodu broutait tranquillement l'herbe rase et humide. Enfin quelqu'un dont il n'avait rien à craindre.

L'homme-grenouille s'immobilisa près de la plage, ses pattes tendues prêtes à le propulser au loin à la moindre alerte. Mais ni lui ni le lièvre n'entendirent le grand-duc d'Amérique les survoler et se poser sans bruit à quelque distance sur la branche d'un orme mort.

* * *

Le grand-duc s'interrogeait. Qui, du lièvre ou de la grenouille, avait le moins de chance d'en réchapper? Le lièvre, assurément. La grenouille se trouvait en eau un peu trop profonde pour qu'il puisse avoir une prise parfaite, du premier coup. Elle s'échapperait sans doute en plongeant. Il ne pourrait pas la rattraper.

Il reporta toute son attention sur le gros lièvre qui, l'œil vague, broutait toujours, perdu dans ses pensées.

En un parfait silence, le grand-duc s'accroupit, déploya ses ailes et piqua sur le lapin.

L'homme-grenouille, croyant que le hibou plongeait sur lui, fit un bond prodigieux et atterrit sur la terre ferme. Le grand-duc, déconcentré, tourna les yeux dans sa direction un dixième de seconde et rata sa cible. Il s'écrasa dans les herbes, à quelques pas du lièvre qui décampa sans regarder derrière. Le grand-duc se releva dignement.

— Tu vas me payer ça… pensa le hibou en se retournant vers l'homme-grenouille.

— Je peux t'entendre, fit observer l'homme-grenouille dans sa tête.

— Tu peux m'entendre penser ? demanda le grand-duc.

— Oui.

— Ce n'est pas mon soir de chance… déclara le hibou.

— Désolé pour le lapin, je croyais que j'étais ton dîner.

— Tu pourrais maintenant être mon dîner...

Il lissa quelques plumes de sa poitrine puis demanda :

— Tu viens d'arriver ?

— On m'a hier changé en grenouille...

— Je ne mange pas les nouvelles grenouilles.

— Pourquoi ?

— Elles ont un arrière-goût de métal et de soufre.

Le grand-duc s'accroupit et fit mine de s'envoler.

— Minute, dit l'homme-grenouille, connais-tu quelqu'un qui pourrait m'aider ?

— Il n'y a personne ici, sauf Janus.

— Janus ? Ce n'est pas lui qui m'aurait changé en grenouille par hasard ?

— Sûrement pas par hasard... Janus connaît pas mal de choses. Mais il faut s'en tenir loin, il a mauvais caractère... précisa le grand-duc en prenant son envol.

— Si j'embrasse une fille, cria l'homme-grenouille dans la tête du hibou qui s'éloignait, je redeviendrai comme avant ?

— Qui sait... insinua le grand-duc d'Amérique en disparaissant derrière l'ombre de la ligne des arbres.

« Une tortue était, à la tête légère,
Qui, lasse de son trou, voulut voir du
pays,
Volontiers on fait cas d'une terre étrangère,
Volontiers gens boiteux haïssent le logis. »

Jean de La Fontaine
La tortue et les deux canards

Chapitre 3

Troisième jour, mardi, à l'aube

Elle était sortie sans faire de bruit, pour ne pas réveiller Grand-père qui dormait encore. Elle aimait bien jouer, au petit matin, sur la plage du grand lac.

Quelquefois, elle s'engageait dans le long sentier derrière la maison, mais revenait après quelques instants non seulement parce que Grand-père lui interdisait d'aller par là, mais aussi parce qu'elle n'aimait pas du tout l'atmosphère de la grosse forêt de pruches ombrageuse qu'il fallait traverser pour parvenir jusqu'à la vallée. C'était si loin. Elle savait pourtant qu'au bout de ce sentier-là, qui longeait un ruisseau asséché, il y avait une croisée de chemins et que, de là, on arrivait facilement à un grand pin solitaire surplombant un autre lac, tout petit celui-là, rempli de grenouilles. Elle aimait bien jouer avec les grenouilles, mais pas Grand-père. Grand-père disait toujours que les grenouilles devaient rester avec les grenouilles et que les petites filles devaient rester avec les petites filles.

Mais elle était toujours toute seule. Et elle s'ennuyait beaucoup. Grand-père était trop occupé pour s'en rendre compte. Grand-père n'avait jamais le temps de jouer avec elle.

Elle prit sa pelle, son petit seau, et se mit à construire un château d'Espagne dans lequel une princesse attendait un prince.

Qu'il soit beau, laid, grand ou petit, cela n'avait pas d'importance. Un prince, n'importe quel prince, pourvu qu'il fût porteur de bonnes nouvelles, de promesses d'aventures et de plaisirs éternels.

* * *

Un lynx roux avait débusqué une tortue des bois qui tentait, en plein soleil, la traversée du sentier bordant le lit du ruisseau asséché.

Lorsque le lynx s'avança sur elle, la tortue rétracta ses quatre pattes, sa queue et sa tête sous sa carapace en espérant que le gros chat n'eût pas la patience d'attendre qu'elle se risquât de nouveau à poursuivre son chemin. Mais le lynx avait tout son temps. Et une partie de cache-cache avec une tortue n'était pas pour lui déplaire. Il tenta d'abord de lui entailler le dos, mais les larges plaques dorsales rigides de celle-ci, en forme de pyramides, dessinaient un bouclier invincible.

Le lynx renversa ensuite la tortue pour exposer son ventre et se mit à égratigner son plastron plus fragile.

Elle sortit vivement la tête pour répliquer et mordre le gros chat. C'est tout ce que le lynx attendait. Il enfonça ses crocs dans le crâne de la tortue et s'en délecta sans remords.

* * *

Sa vie d'homme-grenouille se résumait à deux choses : manger et éviter d'être mangé. Il avait réussi à attraper ce matin-là un curieux petit coléoptère aquatique, muni d'une paire de pattes en forme de rames, qui sous-marinait entre deux eaux, puis s'était gavé d'un banc d'animaux quasi microscopiques revêtus d'une carapace, arborant deux longues antennes et un seul œil en plein milieu du front. C'est fou ce qu'il y avait comme petites bêtes bizarres dans le lac.

Un peu plus tard, il avait happé en plein vol une autre espèce de libellule, mince, bleue, délicieuse, croquante comme une amande.

* * *

Ce matin-là, au 18ᵉ étage d'une tour anonyme du centre-ville, on remarqua davantage le bureau vide de l'homme-grenouille. On était mardi.

Où était-il? Était-il malade?

Pourquoi n'avait-il pas appelé? pensait son plus proche collègue de travail.

* * *

À l'ombre d'une grosse roche fraîche, l'homme-grenouille rencontra une salamandre à points bleus qui roupillait dans la boue. C'était un bel animal. Sa peau noire, luisante, était parsemée de petites taches bleues irrégulières comme un ciel étoilé. Une Voie lactée sur quatre pattes. Comme il avait réussi, la nuit d'avant, à communiquer avec un hibou, il tenta d'entrer en contact avec la salamandre. En vain.

* * *

Un peu plus loin, il tomba nez à nez avec une musaraigne cendrée qui marchait au hasard en mâchouillant un papillon de nuit. La musaraigne, à peine plus grosse que lui, continua son chemin alors qu'il tentait de lui dire un mot. Quel était le mécanisme qui lui permettait d'entrer en contact? Comment pouvait-il entendre les pensées du pêcheur et du grand-duc? Pourquoi ne pouvait-il pas répéter l'expérience avec les autres? Pourquoi seulement eux? Combien de temps ce cauchemar-là allait-il durer?

* * *

Janus étudiait le ciel grisâtre, menaçant, du crépuscule tout en marchant vers l'ouest dans le sentier qui le ramenait chez lui. Une troisième nuit sans étoile. Était-ce bon signe ou mauvais signe ? Une troisième nuit sans étoile, juste avant le solstice d'été. Était-ce un présage annonçant une autre grande collecte ?

Le temps était à l'orage. Il tenta de marcher plus vite, mais ne put soutenir le rythme bien longtemps car une douleur aiguë apparut dans sa poitrine. Son nouveau sujet avait-il fait la connaissance du grand-duc ? Si oui, qu'est-ce que l'autre lui avait dit ? Qu'il n'était qu'un vieux fou ? Au village aussi, on le trouvait un peu original. Ils ne pouvaient pas comprendre. Quelques-uns le traitaient même de sorcier. Parce qu'il vivait retiré, à l'écart, on imaginait toutes sortes de choses. Comme si ses travaux, ses recherches ne se limitaient qu'à ça. Comme si toutes ces années de tâtonnements et d'expérimentations se résumaient uniquement à de la sorcellerie.

* * *

Extraits d'un
manuel d'herpétologie
appartenant à Janus

« *Rana pipiens* (grenouille léopard). IDENTIFICATION : 5 à 9 cm. Grenouille d'un vert brunâtre présentant sur le dos 2 ou 3 rangées de taches sombres parallèles à ses arêtes dorsales. Plusieurs autres mouchetures semblables sont également visibles sur les flancs de l'animal. RÉPARTITION : Haute Amérique. STATUT : En déclin (comme la majorité des amphibiens) notamment en raison de l'utilisation répandue de spécimens de *Pipiens* dans les laboratoires et les classes de biologie. REPRODUCTION : De la fin mars à la fin juin. Maturité sexuelle : 3 ans. Œufs : masse gélatineuse allongée de 5 x 10 cm pouvant contenir jusqu'à 6 000 œufs. Éclosion en 2-3 semaines. Durée du stade têtard : 9-12 semaines. Comme la plupart des amphibiens de cet ordre, le mâle *Rana pipiens* développe une callosité sur le pouce qui l'aide à se retenir au dos de la femelle lors de l'*amplexus* (pression exercée par le mâle sur la femelle lors de l'accouplement pour forcer l'éjection des œufs qui seront aussitôt fertilisés). »

* * *

Le mauvais temps approchait. Profitant du désarroi des insectes et des dernières lueurs du jour, des hirondelles bicolores, seules à encore oser affronter ce ciel menaçant, rase-mottaient à la surface du lac.

L'homme-grenouille pouvait clairement ressentir la chute de la pression de l'air tout autour de lui. Déjà, les premiers éclairs illuminaient l'Ouest. Électrisé, l'homme-grenouille n'arrivait plus à se contrôler. De quelque part en lui montait un immense désir de copulation. Il fallait trouver une femelle. Il fallait perpétuer l'espèce. Il n'y pouvait rien, c'était plus fort que lui. Perpétuer l'espèce. C'était impérieux, incontournable. Perpétuer l'espèce. C'était important.

Quand le soleil avait commencé à décliner, il avait bien tenté de coasser comme les autres, mais seulement voilà, son chant, comparé aux grenouilles du coin, était grotesque. Au lieu d'attirer les femelles, il les faisait fuir. Alors si elles ne venaient à lui, il irait à elles. Mais où étaient-elles ? Il avait longé plus de la moitié des berges du lac. Où restaient-elles ?

Sa nouvelle vie de grenouille se résumait à trois choses : manger, éviter d'être mangé, perpétuer l'espèce.

* * *

Il trouva enfin une femelle au moment où les premières gouttes de pluie se mettaient à tomber. Il faisait maintenant complètement nuit. La femelle savait ce qu'il voulait. Perpétuer l'espèce. Elle le désirait aussi. Perpétuer l'espèce. Elle l'attendait, immergée, immobile, prête.

De quelque part en lui montèrent les instructions nécessaires pour lui permettre d'exécuter la manœuvre. Il s'installa derrière elle et, à l'aide de ses pattes antérieures, se cramponna à son dos. Il la serra contre lui et pressa de toutes ses forces. Une gelée pleine de minuscules boules laiteuses comme du tapioca éructa du cloaque de sa compagne. À sa vue, un orage éclata dans la tête de l'homme-grenouille. Précédé d'un long roulement de tonnerre, un éclair aveuglant traversa son petit cerveau puis il sentit un électro-choc, une douleur à la limite de ce qu'il pouvait supporter.

Puis plus rien.

* * *

Quand il reprit ce qu'il lui restait encore d'esprit, la femelle était disparue. Il était vidé, épuisé, moite. Il avait un goût de boue et de feuilles mortes dans la bouche. La pluie tombait toujours. Il constata que l'amas d'œufs gélatineux était solidement arrimé à des plantes aquatiques au ras de l'eau.

Il sentit la faim l'envahir. Il eut soudain envie de s'empiffrer de ces œufs-là – ses propres œufs, frais, nourrissants, succulents – , mais se retint.

Afin d'être bien certain de ne pas y succomber, il décida de s'éloigner un peu.

Combien de temps avant que les œufs n'éclosent ? Combien d'entre eux survivraient jusqu'à devenir têtard ? Parmi ces survivants-là, combien réussiraient la métamorphose de têtard à grenouille ? De ce groupe encore plus restreint, combien se rendraient jusqu'à l'accouplement ? Combien perpétueraient l'espèce ? Combien compléteraient le cycle ?

« La science n'a guère fait jusqu'ici, on doit le reconnaître,
que donner à l'homme une conscience plus nette
de la tragique étrangeté de sa condition,
en l'éveillant pour ainsi dire au cauchemar où il se débat. »

Jean Rostand
Pensées d'un biologiste

Chapitre 4

Quatrième jour, mercredi, à l'aube

Se mouvant sur de courtes vagues de miroirs, allumées par la lumière franche de ce petit matin-là, un grand harle à la tête vert bouteille plongeait en silence. Il cherchait des goujons venus se réchauffer aux eaux tièdes de surface.

Un troglodyte des marais faisait le grand écart entre deux roseaux en suivant patiemment la première ronde d'une araignée dans sa toile. Celle-ci l'avait construite dans une petite baie peu profonde, près du grand pin solitaire. Concentrée sur son travail, elle ne vit pas le bec rapide et précis qui la happa en pleine poitrine et ne comprit jamais ce qui lui était arrivé.

— Terrrrrrrrrrrrrrrrrr-eur... susurra le troglodyte.

L'homme-grenouille se dit qu'une bonne fois, il lui faudrait goûter à de l'araignée. Peut-être était-ce encore meilleur que de la libellule bleue? Ce matin, il s'était contenté de patineuses, attrapées facilement, à fleur d'eau, en un coup de langue. Il était à nouveau sous le grand pin, prêt à tenter un autre essai, à reprendre le chemin du retour. Il fallait cette fois éviter la déshydratation.

Heureusement, la majeure partie du trajet se trouvait à l'ombre le matin. De cette façon, il pourrait éviter le soleil et sauter plusieurs heures d'affilée sans s'inquiéter, jusqu'à ce qu'il rencontre quelqu'un. Une fille de préférence.

Il se mit en route, vers l'est, bien décidé à aller jusqu'au bout. Mais, curieusement, sa volonté diminuait au fur et à mesure qu'il s'éloignait du lac. Chaque bond devenait de plus en plus difficile. Il s'arrêtait de plus en plus fréquemment.

Comment avait-il pu penser pouvoir réussir ça? Comment pouvait-il espérer rencontrer quelqu'un? Pourquoi dépenser autant d'énergie dans une entreprise aussi futile?

Il s'interrompit lorsqu'il entendit des voix devant lui.

On venait dans sa direction. Il y avait des gens dans le sentier. C'était sa chance. Son unique chance. Pour se mettre en valeur, il sauta sur une grosse pierre plate éclairée par un rayon de soleil qui perçait l'ombre du sous-bois. Là-haut, il serait bien visible.

Il s'immobilisa et attendit.

Trois hommes approchaient, des randonneurs, marchant d'un pas rapide, têtes baissées pour suivre la piste.

Il était trop haut. Il sauta de nouveau à terre pour attirer leur attention.

— Coax! cria-t-il.

Aucun effet. Ils ne l'entendaient pas. Ces gens-là faisaient de l'exercice et ne s'occupaient pas de ce qui se passait autour d'eux. Ils disparurent au tournant d'un sapin. Il pensa à les suivre, puis se ravisa. À quoi bon? Ils allaient beaucoup trop vite pour lui.

* * *

Plus il avançait vers l'est, plus sa conviction s'effritait. Même s'il réussissait à attirer l'attention de quelqu'un, comment allait-il faire pour entrer en contact ? Pourrait-il communiquer avec les autres comme avec le pêcheur ? Et qu'est-ce qu'il leur dirait ? « Je suis une grenouille, je cherche une princesse, pouvez-vous m'aider ? »

C'était absurde. Peut-être valait-il mieux retourner au lac et oublier tout ça ?

Peut-être le pêcheur avait-il raison après tout ? Peut-être devait-il accepter son sort ?

Il interrompit ses pensées lorsqu'il entendit d'autres voix devant lui. Il s'arrêta cette fois en plein centre du sentier. Ils n'allaient pas passer sans le voir, sans remarquer sa présence.

Deux voix. Un homme et une femme. Un jappement aussi. Un chien.

— Non ! Pas un chien ! pensa l'homme-grenouille.

Ils débouchèrent devant lui. L'homme marchait devant, à grandes enjambées, et se retournait à tout instant pour discuter avec la femme.

L'homme-grenouille dut brusquement sauter de côté sans quoi l'autre l'aurait écrasé d'un coup de talon. L'homme passa, la femme approchait. Il sauta derechef dans le sentier, bien en face d'elle.

— Tiens, une grenouille, dit-elle en s'arrêtant.

Elle l'avait vu! pensa l'homme-grenouille.

La femme se remit en route en faisant un détour pour ne pas lui marcher dessus.

— Non...

La femme passa, le chien approchait.

— Non! Pas le chien! pensa l'homme-grenouille.

L'animal s'arrêta net et le considéra. Il inclina sa tête d'un côté, puis de l'autre, releva un sourcil, puis l'abaissa. Le chien, qui décida de voir de plus près de quoi il s'agissait, s'avança vers lui en reniflant. L'homme-grenouille bondit de côté, mais perdit l'équilibre durant la manœuvre. Il s'écrasa violemment, en oblique, la tête contre une grosse racine et perdit connaissance.

Il n'entendit pas le froissement d'ailes de la paruline masquée qui, dissimulée dans un fourré d'aulnes, avait vu la scène et s'envolait vers l'ouest.

* * *

Sous le coup de midi, d'une grosse patte maladroite, l'ours noir s'empara d'un écureuil roux en décomposition sous un tas de branches mortes. Il avait flairé de loin cette petite carcasse-là. Sa vue et son audition n'étaient pas bien bonnes, mais par contre, il possédait un odorat remarquable.

C'était son premier été en solitaire. Il était encore jeune, inexpérimenté, mais arrivait très bien à se tirer d'affaire tout seul. Dans cette forêt-là, il n'avait rien à craindre de qui que ce soit. Sauf peut-être des plus gros mâles de son espèce qu'il reniflait parfois de loin en loin.

Il déchiqueta le petit écureuil roux en scrutant prudemment les environs. Puis, l'ours noir s'éclipsa sous les sapins lorsqu'il entendit le bruit de pas qui se rapprochaient.

* * *

L'homme-grenouille reprit ses esprits en entendant une voix venir vers lui. Cette voix-là, il la connaissait. C'était une voix intérieure, celle du pêcheur.

— C'est une chance que je sois passé par ici, fit remarquer le pêcheur en s'approchant.

Il venait de l'ouest. Il avait forcément croisé les autres.

— Dites, vous avez vu quelqu'un dans le sentier ? demanda l'homme-grenouille.

— Non, dit le pêcheur dans sa tête.

— Comment ? C'est impossible. Il n'y a qu'un sentier d'ici au lac. Où sont-ils passés ?

— Qui ? demanda le pêcheur.

— Ceux que j'ai vus tout à l'heure, affirma l'homme-grenouille.

— Je n'ai vu personne, dit le pêcheur en déposant sa canne à pêche par terre.

Il attrapa la grenouille d'une main.

— Ne me ramenez pas au lac, le supplia l'homme-grenouille, je ne veux pas retourner au lac.

— C'est la place d'une grenouille.

— Je ne suis pas une grenouille.

— Pourtant moi, j'en tiens une dans mes mains.

— Je ne veux pas retourner au lac.

— Les grenouilles avec les grenouilles, les hommes avec les hommes, déclara le pêcheur en ramassant sa canne.

Il se releva et prit le chemin de l'ouest, d'un pas lent, en soufflant un peu.

Une fois arrivé à la croisée des sentiers, il prit la direction du grand pin, près duquel il remit doucement l'homme-grenouille à l'eau.

* * *

Mais où était donc Grand-père? Il était parti à midi et n'était toujours pas revenu.

Combien cela prenait-il de temps à une chenille pour se transformer en papillon? Celle qu'elle avait attrapée tout à l'heure, en fin d'après-midi, suffoquait déjà dans son bocal de verre. En plein soleil, les parois du contenant, couvertes de condensation, agissaient comme une loupe sur l'épiderme vert luisant de la chenille. Il fallait percer des trous dans le couvercle de métal afin qu'elle puisse respirer.

La petite fille déposa son bocal sur la berge du grand lac et se dirigea vers la maison pour y trouver de quoi en percer le couvercle.

Comme la maison n'avait pas vraiment de soubassement, Grand-père avait aménagé son atelier au deuxième étage, directement sous le clocher. Ils habitaient dans cette ancienne chapelle depuis long-temps. Grand-père disait souvent qu'il avait sué sang et eau pour la remettre en état. Autrefois, on avait projeté de construire ici tout un village. C'est vrai que l'endroit était très beau et que la vue sur le lac était la plus belle des environs. Mais il y avait eu la grande crise et, selon Grand-père, la grande crise avait été épouvantable pour bien des gens. La chapelle avait été le premier – et le seul – bâtiment terminé de ce projet de village. Le seul témoin d'un futur antérieur.

L'atelier de Grand-père était fantastique. Il y avait là des tas d'outils de menuiserie, des articles de pêche, des bocaux remplis de poudre noire et plein d'autres choses encore dont elle ne savait pas à quoi elles pouvaient bien servir. Sur tous les murs, des rayons et des rayons de livres – certains très anciens – s'alignaient jusqu'au plafond. Les jours de pluie, elle y restait des heures passant d'un livre à l'autre, ébahie par la beauté des gravures de certains, curieuse devant les schémas anatomiques d'autres, apeurée par les effrayantes illustrations de plusieurs.

Bien sûr, elle n'avait pas le droit d'entrer ici, toute seule, quand Grand-père n'était pas là. Mais aujourd'hui, c'était une question de vie ou de mort.

Elle ne pouvait pas se résoudre à laisser sa chenille s'étouffer sans rien faire.

Elle prit le marteau et un clou puis descendit à la cuisine pour y prendre une pomme. Elle savait qu'elle aurait encore à attendre un bon bout de temps avant que Grand-père ne revienne et qu'ils s'installent à table.

Elle retourna sur la berge du lac et entreprit de trouer le couvercle du bocal de la chenille. Une fois son travail accompli, elle déposa le marteau, croqua dans la pomme et s'assit sur l'étroite plage de sable brun en considérant sa prisonnière.

Combien cela prenait-il de temps à une chenille pour devenir papillon?

Combien d'années encore, seule avec Grand-père, avant de pouvoir partir d'ici? Combien d'années encore avant de rencontrer un prince?

* * *

L'homme-grenouille revit le pêcheur ce soir-là. Dans sa chaloupe dérivant au milieu du lac, il fixait, perplexe, la voûte des étoiles. Tandis que l'homme-grenouille nageait vers lui, il sembla se rappeler tout à coup que sa ligne était toujours à l'eau. Il ramena son leurre, déposa ensuite son matériel au fond du bateau et reprit son étude du ciel. L'homme-grenouille leva lui aussi les yeux. Au fur et à mesure que la nuit tombait, les étoiles s'allumaient les unes après les autres. Tout à coup, comme par magie, la Voie lactée apparut. Le pêcheur leva un bras et dessina avec l'index un grand triangle dans le ciel.

— Le triangle d'été et ses trois étoiles : Vega, Altaïr et Deneb, récita-t-il à haute voix.

Il maintint son index là où il s'était arrêté.

— Deneb marque aussi l'extrémité supérieure de la Croix du Nord.

Il esquissa une croix sur la voûte de la nuit.

— En bas et à gauche de la Croix du Nord : Cassiopée.

Il en marqua l'emplacement en dessinant un grand W dans le ciel.

— Cassiopée était souveraine d'Éthiopie. Une souveraine si orgueilleuse qu'elle prétendait être la plus belle femme du monde, plus belle même que toutes les sirènes de la mer. Un jour, Neptune, roi des océans, exaspéré par tant d'orgueil, demanda à une baleine de dévaster son royaume. Pour sauver ses biens, Cassiopée n'hésita pas à sacrifier la vie de sa propre fille, Andromède, en l'attachant à un rocher face à la mer en espérant que la baleine s'en contente.

Il pointa son index sur l'ombre des arbres à l'horizon du Nord-Est et demeura silencieux un bref moment.

— Mais pour connaître le sort d'Andromède en juin, il faut attendre tard dans la nuit; cette constellation-là se lève après minuit, juste en bas de celle de sa mère Cassiopée.

Le pêcheur savait-il qu'il était là à l'écouter ? Pourquoi disait-il tout ça ? Comment savait-il tout ça ?

— Le Grand carré de Pégase se lève aussi plus tard à cette période-ci de l'année, reprit-il, mais voici Draco, le dragon; là, Corona Borealis, la couronne boréale; le Bouvier, la constellation en forme de cerf-volant – et Arcturus, son étoile brillante; là, deux autres étoiles plus lumineuses que les autres, l'orangée Antarès et la bleutée Régulus; plus loin, là-bas sur l'horizon...

L'homme-grenouille nagea vers le rivage la tête remplie de noms fabuleux. Il aurait bien aimé rester plus longtemps pour connaître le sort d'Andromède, mais il avait trop sommeil. Et pour dormir, il se sentait plus en sécurité sur les berges qu'au milieu des eaux sombres et profondes.

* * *

Plus tard dans la nuit, la constellation d'Andromède se leva au Nord-Est. L'avait-il vraiment vue? Était-il réveillé? Avait-il simplement rêvé? Curieusement, non seulement il se rappelait très précisément la forme de la constellation, mais il se souvenait aussi de la fin de l'histoire.

Andromède, enchaînée au rocher par sa propre mère, fut sauvé *in extremis* par Persée qui métamorphosa la baleine en statue de pierre en lui montrant la tête de Méduse, une des trois têtes du monstre qu'il venait de vaincre.

Comme quoi il y avait toujours de l'espoir, même dans les heures les plus sombres de sa vie. Il n'y avait qu'à s'accrocher, qu'à tenir le coup jusqu'à l'arrivée des secours.

« Tous les organismes tendent à produire plus de descendants qu'il n'en peut survivre. »

Charles Darwin
De l'origine des espèces

Chapitre 5

Cinquième jour,
jeudi, à l'aube

Malgré l'épaisse brume qui l'entourait, l'homme-grenouille était à peu près certain de savoir où il se trouvait. Il était revenu à l'endroit où son amas d'œufs s'était agglutiné aux herbes aquatiques. Il s'approcha tout près pour mieux les voir.

Ses œufs s'étaient séparés en deux parties distinctes. Puis, sous ses yeux, les embryons se divisèrent en quatre, en huit, en seize, en trente-deux…

Il allait être papa. Aucun doute là-dessus. Il fallait maintenant qu'ils réussissent à se développer jusqu'à terme sans être dévorés. C'était si appétissant.

Du mouvement dans l'eau près de lui attira son attention. Il se retourna en direction du large, mais à cause de toute cette brume, il n'y voyait absolument rien. Plouc. Une grenouille apparut. Un autre mâle, tout à fait identique à lui.

— N'approche pas ! pensa l'homme-grenouille.

— T'inquiètes pas, je ne vais pas manger tes rejetons, affirma l'autre.

— Je peux t'entendre penser ! constata l'homme-grenouille dans sa tête.

— Tu es nouveau ici ? dit l'autre.

— Oui. On t'a changé en grenouille, toi aussi ? demanda l'homme-grenouille.

— Bien sûr, répondit l'autre, comme toutes les grenouilles du lac…

— Comment ça, toutes les grenouilles du lac ?

— C'est Janus qui… commença l'autre grenouille.

Au même moment, une belette, sortie de nulle part, lui sauta dessus. D'un coup de griffe, elle s'en empara et la porta à sa gueule. Elle referma ses mâchoires pour assurer sa prise, se retourna en grognant, puis disparut dans la brume.

* * *

Après trois jours d'absence inexpliquée, au 18e étage d'une tour anonyme du centre-ville, on remarquait de plus en plus le bureau vide de l'homme-grenouille. On était jeudi.

Trois jours, pensait son plus proche collègue de travail. Trois jours sans donner signe de vie. Plus d'une moitié de semaine écoulée sans donner de nouvelles. Où était-il ? Était-il malade ? Pourquoi n'avait-il pas appelé ?

Était-il le seul à s'inquiéter ? Probablement. Son collègue n'avait pas grande famille. Une vague sœur, quelque part dans le Sud. On ne lui connaissait pas beaucoup d'amis. Il ne s'était lié avec personne. Où était-il ? Était-il malade ?

Pourquoi n'avait-il pas appelé ?

* * *

La brume refusait toujours de se dissiper. Mais brume ou pas, il fallait essayer de nouveau. La brume lui permettait au moins de ne pas craindre pour l'assèchement de sa peau. Il sauta facilement dans le petit sentier la distance entre le grand pin et la croisée des chemins. Il

était en pleine forme. Il se sentait
d'attaque, prêt à sauter, à bondir jusqu'au
bout.

À la croisée des chemins, au lieu d'aller
vers l'est comme les autres fois, il se
dirigea vers l'ouest. L'Est ne lui avait pas
porté chance. Le sentier de l'Ouest menait
bien quelque part.

Il essaya de visualiser la carte qu'il avait
consultée juste avant sa métamorphose,
mais en fut incapable. Cela faisait trop
longtemps déjà. Après quelques sauts, il
s'aperçut qu'il longeait un ancien ruisseau
asséché. Ce sentier-là était difficile. Les
buissons, les fourrés, les hautes herbes
envahissantes ralentissaient considérablement sa progression.

Bientôt, il s'arrêta pour se reposer. Il avait
de nouveau faim. Il aperçut, un bond en
avant, un cône de terre où entraient et
sortaient des dizaines et des dizaines de
fourmis couleur rouille. Il n'avait pas encore
mangé de fourmi et se demanda quel goût
ces bestioles-là pouvaient bien avoir.

Il approcha du monticule et fit pénétrer sa
langue agile dans l'ouverture qui se trouvait
au sommet. C'était une mauvaise idée. Les
fourmis n'appréciaient pas du tout qu'on

vienne les déranger. Déjà, elles le prenaient d'assaut, grimpaient sur lui, mordaient sa peau, égratignaient la membrane protectrice de ses yeux, s'infiltraient, s'enfonçaient à l'intérieur de lui par son anus et les ouvertures qui lui tenaient lieu d'oreilles.

Il se mit à bondir furieusement pour en désarçonner le plus grand nombre possible et s'arrêta ensuite pour avaler les dernières fourmis qui étaient encore à portée de langue. Pouah. En plus, ces saloperies-là goûtaient l'acide.

* * *

Il s'aperçut après un moment qu'encore une fois sa volonté s'effritait au fur et à mesure qu'il s'éloignait du lac. Chaque saut devenait de plus en plus difficile. Comme si l'on avait voulu l'empêcher de partir. Il fallait continuer. Il fallait suivre le lit de la petite rivière asséchée. La brume commençait enfin à se lever. Il savait qu'à l'Ouest, qu'au bout du sentier, se trouvaient les réponses à ses questions. Il savait qu'à l'Ouest, une princesse attendait un prince.

* * *

La chenille était morte. Elle était de nouveau toute seule. Il n'y avait personne pour jouer avec elle. Face au lac, elle croqua dans une pomme verte. Elle aimait bien les pommes. Elle en mangeait chaque jour, chaque fois où Grand-père lui faisait sauter un repas, chaque fois qu'il oubliait de revenir à la maison pour lui cuisiner quelque chose. Ses journées étaient si longues; ses heures, si monotones.

Une couleuvre tachetée sortit d'un taillis et rampa dans sa direction. La couleuvre regarda un moment la petite fille manger la pomme, puis fit demi-tour et, glissant en silence, regagna l'abri des broussailles. Combien d'années encore, se demandait la petite fille, combien de temps avant de pouvoir partir de cet endroit? Quand serait-elle assez grande? Quand rencontre-rait-elle un prince? Saurait-elle seulement le reconnaître? Elle était toujours toute seule. Il n'y avait personne pour jouer avec elle. Même pas une grenouille. Elle aimait bien les grenouilles. Seulement voilà, on en trouvait de moins en moins sur les rives du grand lac. Grand-père disait qu'elles étaient trop fragiles, trop sensibles. Que les grenouilles se mouraient partout sur la planète. Souvent, parler de ça le mettait en colère. Il devenait tout rouge et haussait le ton. L'homme détruit tout ce qu'il touche, disait-il. L'homme ignore les choses de la nature. L'homme est un animal solitaire, seul en son genre, perdu sur une terre qu'il ne reconnaît plus. Le monde naturel est tellement plus simple à comprendre, disait-il. Et il terminait toujours sa crise en concluant: «Pour franchir la frontière invisible au-delà de laquelle tout semble plus simple à comprendre, il faut abandonner certaines choses derrière soi.»

Même si elle connaissait cette phrase-là par cœur, elle n'en comprenait pas le sens. Mais Grand-père se calmait toujours en la prononçant.

* * *

L'homme-grenouille sortit du sentier et déboucha à découvert. Il n'avait pas fait tout ce chemin-là en vain. Devant lui s'étalait un lac, un lac immense sur les bords duquel se trouvait une ancienne chapelle qu'on avait transformée en maison de campagne. Sur le rivage, une petite fille jouait toute seule sur une étroite bande de sable brun. C'était elle, c'était sa princesse. En quelques bonds, il se retrouva à ses pieds.

— Tiens, une grenouille, dit la petite fille en s'agenouillant.

Elle prit l'animal dans ses mains.

L'homme-grenouille se laissa faire.

Elle approcha la grenouille de son visage pour mieux la voir. Il n'avait besoin que d'un baiser, que d'un effleurement des lèvres. Il ferma les yeux. Il entendit le bruit d'un couvercle de métal qu'on dévissait sur un bocal. Il rouvrit les yeux. La petite fille referma sa main sur la grenouille et la déposa au fond du bocal.

— Non... la supplia l'homme-grenouille.

La petite fille vissa le couvercle et s'assura que les trous d'aération n'étaient pas obstrués. Elle ne voulait pas que sa nouvelle grenouille meure comme sa chenille tout à l'heure.

— Non... répéta l'homme-grenouille.

Cela faisait des semaines qu'elle n'avait pas attrapé de grenouille.

La petite fille se leva et se dirigea vers la maison.

Non seulement il lui fallait protéger l'animal contre les dangereux rayons du soleil, mais il fallait aussi trouver une cachette pour le bocal. Il valait mieux faire disparaître la grenouille avant que Grand-père ne revienne. S'il s'apercevait qu'elle en avait encore capturé une, il allait de nouveau se mettre en colère. Tout en marchant, elle jeta un coup d'œil à sa grenouille et remarqua que celle-ci avait une malformation : une protubérance, une bosse, qui avait poussé juste derrière sa tête.

Comme si cette grenouille-là avait deux cerveaux au lieu d'un.

* * *

Extraits d'un
manuel d'herpétologie
appartenant à Janus

«*Malformation des amphibiens.* Depuis le milieu des années 1990, des malformations congénitales, de plus en plus fréquentes, sont constatées chez bon nombre d'espèces d'amphibiens. On évoque souvent, pour expliquer cet état de fait, la grande sensibilité de ces animaux aux substances chimiques présentes dans l'environnement – leur épiderme est très mince – de même que leur faible résistance aux effets des polluants. »

* * *

Canne sous le bras, le pêcheur rentrait chez lui en remontant le sentier de l'Ouest d'un pas pesant. Même s'il l'avait voulu, il n'aurait pas pu aller plus vite. Sa canne à pêche s'empêtrait dans les herbes folles bordant le ruisseau asséché.

Et, quand il hâtait le pas, une petite douleur aiguë s'allumait dans sa poitrine. Puis la douleur grandissait, grandissait. Et la douleur l'assaillait, le terrassait. Jusqu'à ce qu'il en eût perdu le souffle et l'usage de la parole, jusqu'à ce qu'il fût entouré et aveuglé par des centaines et des centaines d'étoiles.

Il oubliait toujours son médicament sur la table de la cuisine.

Bien sûr, son embonpoint ne lui donnait aucune chance. Il avait pris bien du poids ces derniers temps. Il faisait pourtant beaucoup d'exercice; il marchait dans ce sentier-là du matin au soir. Mais l'embonpoint, ça ne disparaissait pas par magie.

Le pêcheur s'arrêta pour se gratter la barbe. Il avait un pressentiment étrange, le pressentiment qu'un contact avait eu lieu. Que sa petite-fille avait rencontré quelqu'un. Il n'essaya pas de marcher plus rapidement. C'était inutile. Même s'il avait voulu, il n'aurait pas pu aller plus vite.

* * *

Lorsqu'il rentra à la maison, la première chose que fit le pêcheur fut de prendre un petit comprimé blanc de la bouteille de médicaments qui se trouvait sur la table. Il avait marché, malgré tout, un peu plus vite qu'il ne l'aurait voulu. La douleur endormie dans sa poitrine menaçait de se réveiller. Heureusement, le médicament pouvait la rendormir.

Pour combien de temps? se demanda-t-il. Il remarqua une trace de boue brune et d'humidité sur un coin de la table; la trace laissée par le bocal de sa petite-fille. Elle avait attrapé une autre grenouille.

Celle-ci entra au même instant dans la pièce.

— Bonsoir Grand-père, dit la petite fille.

— Où est-elle? demanda le pêcheur.

— Qui ?

— La grenouille.

— Quelle grenouille ?

— Allez, va la chercher.

— S'il te plaît... demanda-t-elle. Laisse-la-moi... Juste un jour ou deux...

Grand-père reprit :

— Les grenouilles avec les grenouilles, les petites filles avec les petites filles.

C'était sans espoir.

Elle se retourna et se dirigea vers l'atelier de Grand-père.

Elle avait caché son bocal sur un rayon, derrière un gros livre d'alchimie, *Le Grand Albert*.

* * *

Dès l'instant où la petite fille l'avait déposé sur l'étagère de la bibliothèque, l'homme-grenouille avait fait le rapprochement. Des grimoires et des vieux traités d'histoire naturelle étaient alignés sur les rayons. Il se trouvait dans la maison de Janus. Le hibou lui avait dit de ne pas s'en approcher. Sur l'établi, un manuel de biologie assez récent était ouvert sur une page traitant de *Rana pipiens*, la grenouille léopard.

Il savait non seulement qui l'avait changé en grenouille, mais aussi qui il était devenu.

* * *

La petite fille entra dans l'atelier avec un air contrarié. Elle s'empara brutalement de son bocal et s'en retourna vivement à la cuisine. L'homme-grenouille, ballotté d'une paroi à une autre, renversé, glissant sur le verre sans pouvoir reprendre pied, fut soulagé lorsqu'elle déposa enfin le bocal sur la table.

Un homme était debout au milieu de la pièce.

Le pêcheur?

Qu'est-ce que le pêcheur faisait dans la maison de Janus?

* * *

Ainsi, Janus et le pêcheur ne faisaient qu'un. Janus/le pêcheur n'était qu'une seule et même personne. Janus avait repris le sentier pour le ramener encore une fois au petit lac. Le pêcheur n'était qu'un prétexte, avait dit Janus, qu'un subterfuge pour approcher ses «nouveaux sujets».

L'homme-grenouille lui avait alors demandé pourquoi il l'avait transformé. Rétablir l'équilibre, avait-il répondu. Il n'était pas le seul à avoir subi la métamorphose. Les grenouilles du petit lac n'étaient pas vraiment des grenouilles. En fait, avant qu'il ne commence à œuvrer ici, il ne s'en trouvait plus aucune. À un rythme inquiétant, partout; les mares, les étangs, les lacs se vidaient d'amphibiens. Une à une, les grenouilles disparaissaient. On ne savait pas trop pourquoi. Pluies acides ? Polluants ? Réchauffement climatique ? La vraie cause de la disparition des amphibiens était encore un mystère. Et lui, il luttait mystère contre mystère.

Il transformait en grenouilles tous ceux qui empruntaient le sentier et passaient par la croisée des chemins. À cet endroit se trouvait une source d'énergie très puissante, très ancienne. C'est vrai que pour les nouveaux venus, avait dit Janus, c'était plutôt difficile au début, mais ensuite, la majorité d'entre eux en venaient à préférer leur nouvelle vie.

— Ah oui ? avait demandé l'homme-grenouille.

Cette vie-là était risquée, hasardeuse, avait poursuivi Janus, mais elle était aussi plus simple.

Et pour franchir la frontière au-delà de laquelle tout semble plus simple à comprendre, il fallait abandonner certaines choses derrière soi, avait dit Janus.

L'homme-grenouille n'était pas tout à fait certain d'avoir bien compris ce qu'il avait voulu dire par là.

Il y avait de plus en plus d'humains, avait continué Janus, et de moins en moins de grenouilles. Alors tout ce qu'il faisait, lui, c'était de donner un petit coup de main à la nature, pour rétablir la balance, l'équilibre. Et ce n'était pas chose facile. Seulement un faible pourcentage des métamorphoses se rendait à terme. Beaucoup de prédateurs rôdaient autour du petit lac. Il y avait aussi les maladies, les hivers trop rigoureux et surtout, surtout, les grandes collectes.

* * *

Il faisait complètement noir lorsque Janus remit l'homme-grenouille dans l'eau chaude du lac.

— Les grandes collectes? lui demanda-t-il.

— Oui, les grandes collectes… répondit Janus d'un ton amer avant de reprendre le chemin de l'Ouest.

* * *

Extraits d'un
manuel d'herpétologie
appartenant à Janus

« *L'énigme de Monteverde.* Dans la région de Monteverde (forêt tropicale du Costa Rica), sur un petit périmètre de 30 kilomètres seulement, 20 des 50 espèces de grenouilles y ont inexplicablement disparu ces dernières années. La thèse la plus fréquemment évoquée pour expliquer le phénomène : le réchauffement climatique. L'augmentation de la température moyenne aurait modifié l'écologie de la région. Celle-ci serait considérablement moins humide qu'il y a 25 ans. »

* * *

Dans l'obscurité la plus complète, Janus marchait sans peine dans le sentier. Il en savait chaque détour, chaque montée, chaque descente; il connaissait par cœur l'emplacement de chaque racine qui, affleurant, risquait de le faire trébucher. Ce n'était pas la première fois qu'il l'empruntait en pleine noirceur. Il était passé minuit lorsqu'il arriva enfin chez lui.

Devant la chapelle, au-dessus du grand lac, une gigantesque aurore boréale louvoyait dans le ciel. Était-ce bon signe ou mauvais signe? En vieillissant, il avait davantage de difficulté à se rappeler tous ces détails-là. Y aurait-il d'autres collectes? Dans combien de temps la prochaine? Janus savait bien des choses, pouvait faire bien des choses, mais ça, il ne pouvait pas le prévoir.

« Aux noces d'un tyran tout le peuple en liesse
Noyait son souci dans les pots.
Ésope seul trouvait que les gens étaient sots
De témoigner tant d'allégresse.
Le Soleil, disait-il, eut dessein autrefois
De songer à l'Hyménée.
Aussitôt on ouït, d'une commune voix,
Se plaindre de leur destinée
Les citoyennes des étangs.
Que ferons-nous, s'il lui vient des enfants ?
Dirent-elles au sort, un seul Soleil à peine
Se peut souffrir. Une demi-douzaine
Mettra la mer à sec et tous ses habitants.
Adieu joncs et marais : notre race est détruite.
Bientôt on la verra réduite
À l'eau du Styx. Pour un pauvre animal,
Grenouilles, à mon sens, ne raisonnaient pas mal. »

Jean de La Fontaine
Le Soleil et les Grenouilles

Chapitre 6

Sixième jour, vendredi, une heure avant le lever du soleil

Dans l'eau chaude du petit lac silencieux, les embryons de l'homme-grenouille se développaient rapidement. Déjà, un orifice était visible chez les plus précoces. Un tube digestif, encore embryonnaire, viendrait y aboutir un peu plus tard.

Le plan d'organisation des embryons se déroulerait selon un programme inscrit quelque part en eux. La partie antérieure allait devenir la tête; la partie postérieure, la queue. Des centaines de milliards de cellules se mettraient alors à se spécialiser. Une sorte de longue corde brunâtre, faite de tissu conjonctif élastique, se formerait le long de chaque embryon. Elle procurerait support et rigidité au corps des futurs têtards. Puis apparaîtrait un tube dorsal creux, parallèle à la corde brune, où logerait un cordon nerveux. Les cellules des systèmes nerveux, respiratoire, digestif, musculaire, squelettique, se mettraient ensuite à se multiplier à une vitesse folle. Des branchies surgiraient latéralement à l'extrémité antérieure des fœtus.

Puis une tête colossale commencerait à se révéler au-dessus des fentes branchiales. On y verrait se développer des yeux, une bouche, des narines. Plus tard encore, jailliraient deux pattes antérieures et deux pattes postérieures. Plus tard encore, ces fœtus s'animeraient et s'acharneraient pour sortir de leur enveloppe et essaimer dans le lac.

Mais tout ceci n'était encore qu'à l'état de projet. Car il y avait toujours une grande part de risque, de hasard et d'improvisation dans ce genre d'entreprise-là.

* * *

Extraits d'un
manuel d'écologie
appartenant à Janus

« *Déclin des amphibiens.* Les causes les plus probables du déclin des amphibiens sur la planète sont les suivantes :

1. Acidité des précipitations (pluies acides). Les œufs et les larves des amphibiens sont très sensibles à l'acidité accrue des pluies depuis le début du XXe siècle. Il en est de même pour le mince épiderme des adultes qui est en échange constant avec l'atmosphère.

2. Épandage de fertilisants chimiques agricoles. Beaucoup de résidus de fertilisants agricoles se retrouvent dans les canaux de drainage ou d'irrigation des champs, puis prennent le chemin des ruisseaux et des étangs, là où bon nombre d'amphibiens se reproduisent.

3. Diminution de la couche d'ozone. Le mince épiderme des amphibiens est très vulnérable à l'augmentation des rayons ultraviolets à la surface de la planète.

4. <u>Réchauffement climatique</u>. Les amphibiens sont fortement dépendants des conditions climatiques pour leur survie, leur nourriture, leur reproduction. Toute différence, si minime soit-elle, dans la température et l'humidité de leur milieu, a des conséquences écologiques importantes sur les espèces.

5. <u>Récolte des spécimens</u>. La collecte abusive de spécimens de laboratoire chez plusieurs espèces (*Rana pipiens* étant le pire exemple) a fait chuter dramatiquement ces populations.

* * *

À l'aube, la paruline masquée pénétra dans l'atelier de Janus par la fenêtre laissée entrouverte. Il y dormait toujours, au milieu des livres, dans un petit lit coincé entre deux bibliothèques. La paruline le réveilla en arrachant, d'un coup sec, quelques poils de sa barbe avec son bec.

Il ouvrit un seul œil, cerclé de rouge. Il n'avait pas beaucoup dormi. Il était encore très fatigué.

— Oui, oui, ouistiti, dit-elle.

— Oui, quoi? demanda Janus

— Grande collecte, oui, grande collecte aujourd'hui, ouistiti, répondit la paruline.

— Déjà? dit-il en se tirant du lit.

Il lui semblait que la dernière venait tout juste d'avoir lieu. Ils exagéraient. Ne comprenaient-ils pas qu'ils détruisaient chaque fois son travail? Que c'était chaque fois la même chose? Qu'il devait chaque fois recommencer du début?

Il se gratta la barbe en marchant jusqu'à la chambre de sa petite-fille endormie. Il voulait l'embrasser avant de partir. Il avait le pressentiment que cette fois-ci, il allait s'absenter pour un bon bout de temps.

* * *

Près de midi, sur la rive du petit lac, quatre hommes déballaient leur matériel: filets à pêche, épuisettes, perches de différentes longueurs, arbalètes, fusils à grenouille, boîtes perforées en carton ciré, bacs de plastique, talkies-walkies, sonars, ordinateur portatif.

Ils étaient de mieux en mieux équipés, car la cueillette des grenouilles devenait,

de saison en saison, de plus en plus difficile. Les grenouilles se faisaient rares. Seule
retombée positive : leur rareté en faisait
aussi monter la valeur. Les laboratoires et
universités auprès desquels ils revendaient
leur stock d'amphibiens étaient toujours
preneurs, peu importe le prix. Ces gens-là
ne leur demandaient pas non plus d'où
elles venaient, ils avaient bien trop peur de
connaître d'avance la réponse. C'était du
braconnage bien sûr, mais eux appelaient
cela de la « collecte sélective ».

Ils compilaient des statistiques, invento-
riaient les lacs et les étangs les plus fertiles
et en notaient soigneusement les secteurs
les plus féconds. De nos jours, la chasse
aux grenouilles restait une activité rentable
dans la mesure où l'on était organisé et
méthodique. Ayant épuisé leurs sources
d'approvisionnement dans les plans d'eau
des environs, ils avaient été obligés
d'élargir progressivement leur rayon
d'action. D'année en année, ils allaient de
plus en plus loin pour faire leur quota.

Mais, curieusement, ce petit lac-ci était
toujours aussi productif. Ce petit lac-ci était
une anomalie statistique. Ici, les grenouilles
semblaient se reproduire à un rythme fou,

comme par magie. Avant, ils y venaient à des intervalles de deux ou trois ans, mais maintenant, pour arriver à fournir les quantités convenues avec leurs clients, ils y venaient chaque année. Leur seul problème, c'était de réussir à composer avec le vieux fou, l'écologiste enragé qui vivait dans le coin. Il les empêchait toujours de travailler en paix. Il leur lançait des pierres, leur criait des noms, prononçait des formules magiques ridicules.

Et voilà qu'encore aujourd'hui l'enragé rappliquait.

* * *

Janus surgit du sentier, hirsute, les cheveux en bataille, pour venir à leur rencontre.

— Vous n'avez rien à faire ici! criait-il. Vous n'avez aucun droit! hurlait-il.

Il aurait bien aimé pouvoir les changer tous les quatre en grenouilles, pour leur donner une bonne leçon. Mais comme ils venaient ici en véhicules tout-terrains en passant par un ancien chemin forestier situé de l'autre côté du lac, il ne pouvait rien faire. Aussi longtemps qu'ils éviteraient la croisée des chemins, aucun enchantement, aucune incantation, aucun mauvais sort ne pourrait fonctionner.

* * *

— C'est donc ça, la grande collecte… se dit l'homme-grenouille.

Il assista, impuissant, à l'escalade verbale, à l'engueulade puis à la bousculade qui s'ensuivit. Il ne pouvait pas faire grand-chose. Pendant que deux ramasseurs de grenouilles tentaient de retenir, de calmer, de raisonner Janus, les deux autres s'étaient mis en devoir de commencer la cueillette. Il était dangereusement près d'eux. Trop près.

En deux coups de filet, les ramasseurs avaient déjà attrapé trois de ses semblables. Ces types-là, des professionnels, connaissaient leur travail. S'il ne voulait pas finir sur une table de dissection à respirer du formol, il lui fallait décamper au plus vite.

En se dirigeant vers le large, il entendit le haussement de ton entre Janus et les ramasseurs. Ils criaient de plus en plus fort, à tue-tête, en hurlant des choses que l'homme-grenouille ne pouvait plus comprendre. Car non seulement il se trouvait maintenant trop loin d'eux pour entendre, mais la panique fermait aussi son petit cerveau à tout ce qui n'était pas essentiel à sa survie.

Tout ce qu'il pouvait faire, c'était de nager, de nager loin du danger.

* * *

Un long moment plus tard, l'homme-grenouille, caché dans les nénuphars, écouta le bruit des moteurs des tout-terrains décroître puis disparaître complètement. Puis il y eut un grand silence.

Il se risqua à découvert. Tout en se rapprochant précautionneusement de l'endroit où Janus et les ramasseurs s'étaient disputés, il sentit un immense sentiment de solitude l'envahir. Il était un des rares rescapés de la collecte. La population de grenouilles était réduite à néant. Il y avait tout ce vide autour de lui.

Il était tout seul.

* * *

Janus gisait, inerte, le visage dans la boue.

En quelques bonds, l'homme-grenouille arriva tout près et lui toucha la peau de sa petite patte visqueuse. Froide. La peau de Janus était froide.

Il se déplaça pour se retrouver juste sous son nez. Si Janus respirait encore, l'homme-grenouille allait sentir son souffle.

Janus ne respirait plus. Janus était mort. Ils avaient tué Janus.

* * *

Longtemps après que l'homme-grenouille eut quitté le corps de Janus, la paruline masquée vint se poser près de lui. Il avait traversé une frontière invisible, pensait-elle.

Là où il se trouvait maintenant, les choses devaient être beaucoup plus simples à comprendre. Mais qui allait le remplacer ici? Qui allait poursuivre son travail?

* * *

On était déjà vendredi. Quatre jours, pensait le collègue de bureau de l'homme-grenouille. Quatre jours sans donner signe de vie.

Après le travail, il se décida à passer par l'appartement de l'homme-grenouille.

Il cogna à sa porte. Aucune réponse. Il redescendit à l'étage pour demander au concierge de la tour d'habitation la permission d'y entrer pour jeter un coup d'œil. Peut-être était-il chez lui? Trop malade pour appeler? Trop malade pour venir ouvrir la porte? Et s'il n'y était pas, peut-être quelque chose pourrait-il expliquer son absence?

Sur la table de la cuisine, un plan était déplié. Des sentiers forestiers. Il se rappela vaguement que le vendredi avant de disparaître, il avait évoqué une randonnée en forêt. Un des sentiers avait été marqué d'un trait jaune. Y avait-il disparu? S'était-il perdu en forêt? Si oui, sa voiture devait être encore là, au départ du sentier. C'était facile à vérifier.

Pourquoi ne pas y aller demain matin, pour en avoir le cœur net?

* * *

Janus parti, il semblait à l'homme-grenouille que le petit lac avait perdu un

peu de sa magie. D'ailleurs, il avait de plus
en plus de difficulté à se rappeler
comment c'était ici, avant-hier. Il avait de
plus en plus de difficulté à faire la distinc-
tion entre les choses avant et les choses
maintenant. Comme s'il n'avait plus conscience que du moment présent.

Avait-il jamais été autre chose qu'une
grenouille?

Il n'en était plus certain. Tout était confus
dans son petit cerveau. Il se souvenait
d'une croisée des chemins imprécise et
d'une petite fille qui jouait à la princesse.

Mais il ne savait pas ce que cela signi-
fiait. Tout le reste avait disparu. Il ne
savait plus ce que les mots doute, frustra-
tion, envie, désir voulaient dire. L'eau
tiède, enveloppante, le rassurait, le proté-
geait, le nourrissait. De gros nuages blancs
se reflétaient sur la surface parfaitement
lisse du petit lac. L'homme-grenouille
flottait en plein ciel. Il n'avait plus besoin
de rien. Il n'était qu'une grenouille. Sa vie
se résumait à trois choses: manger, éviter
d'être mangé, perpétuer l'espèce. Son
monde à lui était dur, mais vrai. Son
monde à lui était violent, mais il en
connaissait le fonctionnement.

Il avait vaguement conscience d'avoir franchi une frontière invisible au-delà de laquelle tout était beaucoup plus simple à comprendre.

Il n'était qu'une grenouille.

N'avait jamais été autre chose.

Jamais été un homme. Jamais été un homme-grenouille. Juste une grenouille.

Grenouille. Grenouille. Grenouille.

Simple à comprendre. Simple à comprendre.

Manger, éviter d'être mangé, perpétuer l'espèce.

Son monde à lui était simple.

Il n'existait pas d'autre monde.

Son monde, vrai. Lui, grenouille.

Son monde. Lui, gre...

Simple, son monde.

Lui, g...

G.

Une lettre. Lettres ? Quatre lettres. Quatre petites lettres. Toutes simples.

A... T... C... G...

A... T... C... G... étaient les lettres à prononcer.

* * *

Extraits du
Traité des symboles
appartenant à la petite-fille de Janus

« Le chiffre sept correspond
aux sept jours de la semaine,
aux sept degrés de la perfection,
aux sept têtes du naja d'Angkor,
aux sept branches de l'arbre cosmique du
chaman.

Le sept symbolise le cycle accompli,
le cercle parfait, la boucle du temps.

Chaque période lunaire dure sept jours
et les quatre périodes du cycle de la lune
(7 x 4) forment la boucle (28).

La somme des sept premiers nombres
(1 + 2 + 3 + 4 + 5 + 6 + 7) donne 28.

Salomon a construit son temple en sept ans.

Le Lépreux a plongé sept fois dans le
Jourdain pour être guéri.

Mais le sept est aussi porteur d'anxiété :
un cycle s'est accompli, quel sera le suivant ? »

« Pour franchir la frontière invisible
au-delà de laquelle tout semble plus
simple à comprendre,
il faut abandonner certaines choses
derrière soi. »

Janus

Chapitre 7

Septième jour, samedi, une heure avant le lever du soleil

Dans l'eau chaude du petit lac silencieux, les embryons de l'homme-grenouille s'acharnaient à sortir de leur enveloppe. Les têtards de cette génération-là portaient un fardeau sur les épaules. Il fallait repeupler le lac. Seuls embryons à y naître cette saison, de leur survie dépendait ici l'avenir du peuple grenouille. Déjà, les têtards les plus vigoureux se libéraient de leur enveloppe et, un à un, partaient à la découverte de leur monde. Ils n'étaient pas au bout de leurs peines.

Après avoir passé le stade fœtal, ils auraient à vivre une première vie de têtard au terme de laquelle il leur faudrait subir une métamorphose profonde pour amorcer leur deuxième vie, celle-là dans un autre corps tout à fait différent. Car après quelques semaines d'existence, ils allaient subir une transformation radicale. Ils allaient perdre leurs branchies et leur queue. Et de nouveaux organes allaient apparaître : membres postérieurs, antérieurs, poumons.

Des paupières protectrices pour leurs yeux, des dents pour retenir les proies et une longue langue fourchue surgiraient brusquement de quelque part en eux. À l'intérieur de leur corps, tout allait être changé, remanié, ajusté en fonction de leurs nouveaux besoins : squelette, muscles, systèmes digestif et circulatoire.

Mais tout ceci n'était encore qu'à l'état de projet. Car il y avait toujours une grande part de risque, de hasard et d'improvisation dans la vie des nouveaux têtards.

* * *

Elle savait que Grand-père n'allait pas revenir. Elle savait que Grand-père était parti pour toujours. Elle était toute seule maintenant. Mais, curieusement, cela ne la dérangeait plus.

Curieusement, elle ne voulait plus partir d'ici. Au contraire, elle appréciait cette nouvelle vie. Elle pouvait à loisir consulter les vieux traités de Grand-père, essayer des formules, faire toutes sortes d'expériences. Elle pouvait enfin jouer, elle aussi, avec les grenouilles. Elle savait déjà faire plein de choses fantastiques. Elle savait aussi qu'elle devait continuer le travail de Grand-père. C'était important.

Dans le silence de l'atelier, entre les bocaux remplis de poudre noire et les livres anciens empilés jusqu'au plafond, elle croqua dans une pomme.

Elle se sentait différente. Comme si elle avait subi une métamorphose. Comme si, elle aussi, avait traversé une frontière invisible.

— Oui, oui, ouistiti... déclara la paruline masquée qui, entrée dans l'atelier par une fenêtre entrouverte, s'était posée sur son épaule.

* * *

Sur le coup de midi, à la croisée des sentiers, le collègue de travail de l'homme-grenouille décida de s'arrêter enfin. Il marchait depuis plus de trois heures. La sueur avait taché sa chemise d'un grand X dans le dos.

D'après la carte, le sentier principal longeait, sur plusieurs kilomètres vers l'ouest, un ruisseau asséché au fond d'une vallée envahie par des buissons, des fourrés, des hautes herbes brûlées par le soleil de juin. Le sentier secondaire qui coupait sa route conduisait, lui, en quelques pas, à un pin solitaire surplombant un petit lac silencieux.

Il prit le sentier le plus court, peu fréquenté, et s'assit à l'ombre de l'arbre, au bord de l'eau dormante. Il ne voulait pas dormir, seulement se reposer un peu. Il appuya sa tête contre le tronc et ferma les yeux.

Il entendait le vent souffler dans les aiguilles du pin et la vrille flûtée d'une grive toute proche.

Il crut aussi entendre, par-dessus le vent, comme un murmure ténu, un chuchotement. Comme si une petite fille récitait une comptine ou une formule apprise par cœur.

Comme si une petite fille l'épiait et attendait le moment qu'il s'endorme.

Table des matières

La collection GRANDE NATURE - Histoires vécues

Libre!

Sur la piste!

Pien

Ben

Alerte à l'ours

Dompter l'enfant sauvage
 Tome 1 – Nipishish
 Tome 2 – Le pensionnat

Expédition Caribou

Le vieil Inuk
 Tome 1 – Le loup blanc
 Tome 2 – La statuette magique

Entre chiens et loups

Les carnets du Mouton Noir
 Tome 1 – L'hiver en été
 Tome 2 – L'été en hiver

Salut Doc, ma vache a mal aux pattes!
 Tome 1 – Sans blagues
 Tome 2 – S.O.S.

L'envol